你燃烧了我

Poems of Sappho

[古希腊]
萨 福
著

郑亚洪
译

CS 湖南文艺出版社
PUBLISHING & MEDIA
HUNAN LITERATURE AND ART PUBLISHING HOUSE

译序

因为萨福，因为爱

萨福只是芦纸残卷，没有人见过萨福写的原始芦纸，连萨福真实的面目都是想象出来的。但她的诗那么真实，我们并不在意是否见过萨福，我们读她的诗，尽管是残卷，尽管阅读时像侦探一样地去填补空白，我们总被萨福点燃，一遍又一遍。我们寻找萨福，呼唤萨福的名字，像萨福呼唤阿佛洛狄忒的名字。萨福也来把我们找寻。

萨福是音乐家。她的诗就是歌，由竖琴伴唱。古希腊的瓷瓶画家如此描绘萨福，头戴花冠，手持竖琴，琴弦拨动，由她来演唱，这就是抒情诗

（lyric）的起源。

萨福是诗人。如果说荷马是史诗里的“英雄男高音”，那么萨福就是抒情诗里的“美丽女低音”。她的声音穿透芦纸对我们说话，残损而坚定。柏拉图说“萨福是第十名缪斯”，有人说她是“不朽的诗人”。人们太喜欢萨福了，甚至虚构她头发的颜色——堇色头发，可在一部传世的诗作里她的头发是白的。在我中学时代的历史教科书里，“萨福是第十名缪斯”被我熟记，但我从没有读过她的一行诗。后来我读过不少伟大的希腊现代诗人——埃利蒂斯、塞菲里斯、卡瓦菲斯、扬尼斯·里索斯等，萨福还是没能进入阅读范围。她生活的年代太久远了，离我们有两千六百多年，现在读到的萨福遗诗不一定是萨福本人所写。据现今保存在雅典国家博物馆中的一幅5世纪中晚期红陶画所示，萨福正在阅读芦纸文本，这也是后人的想象。公元前5世纪末，她的歌诗被收集和书写下来，在长长的芦纸上，字与字之间没有间隔，没有标点，也无分行。有些诗是在后人的引文里才得以保存的。亚历山大学者们整理出九大卷遗诗，第一卷里约有1320行，其中仅有一首是完整的，其他的都是残诗。阅读这样的文本很困难，用一句形象的话来说，“请你来猜谜”，这就好像一次阅读历险，你得开动阅读机器。残缺令我们兴奋，填充让我们激动，尽管你阅读的不过是翻译文本，你不是在一步步逼近罗伯特·弗罗斯特的名言“诗歌是翻译中所丢失的”吗？本诗集收录萨福诗两百余首，有些仅仅是一个词，因不忍心割离，于是也让它呈现。

萨福，生于公元前630年，约公元前570年去世，生活在莱斯博斯岛（Lesbos）。我最早听说此岛是在美国女诗人西尔维亚·普拉斯的诗中——《莱斯博斯岛》。此诗大约写于普拉斯婚姻最糟糕的时日，她痛恨那人，恨不得杀了他，可是你看——“你的声音是我的耳环”“你盛满的是爱情”。为什么？因为爱。这个岛名现在成为女同性恋（Lesbian）的专用名词，萨福成为女同性恋“鼻祖”。萨福“女同”的说法被后来的学者否定，因为这是现代人对情爱的理解，加之于古人当然不准确。有一个萨福，必然派生出无数个貌似萨福的声音。萨福的诗对女性陈述，没有遮掩，简单、直白、华丽，这也是希腊语的特点。

萨福出生于莱斯博斯岛弥提利的一个贵族家庭，她和一位富商结婚，育有一女。她有三个兄弟，他们在海上生活，被她写进诗里。青年时代，她被逐出莱斯博斯岛，流放至西西里岛。

萨福爱过一位名叫法翁的渔夫，她苦苦追求而不得，最后从卢卡斯的一处悬崖上跳了下去，投海自尽。盛满爱的人，为爱所困，为爱而死。你燃烧了我——

唉，萨福，两千六百多年后我才读你
而你将要从这块海岬上滑下去
一朵玫瑰拦住你，萨福，从此你不再歌唱
情人节早过了，莱斯博斯岛没有你的面影
大雨下在甘棠里，海水涌不进它的黑和白
萨福，你记得吗？你所有的萨福体一定
忘了，像情侣们经常互忘她们的名和姓
于是，我开始听相同的歌
如浪花拍击同一块岩石，每天昏天暗地

萨福，你终于忘了我

郑亚洪

2022年6月24日

于浙江乐清

1

不朽的阿佛洛狄忒[*]，你思绪斑斓，
宙斯的女儿，你善于诱计，我求你
别再用强劲的疼痛，
　　　女神啊，撕裂我的心。

近前来
一如从前
你听见我来自远方的呼唤，
　便离开了你父亲的金屋，

* 爱神阿佛洛狄忒，生于泡沫，据说是宙斯和女神狄俄涅的女儿。为阿佛洛狄忒拉车的鸟雀被视为淫鸟。

摇起你的车马。美丽的鸟雀
做你的前航，它们飞自黑色大地，
在天空下呼啦啦扇动翅膀
　　　飞过中天——

而你啊，福佑的女神，
你不朽的脸上笑语盈盈，
问我这次又是受了何苦，
　　　为什么再一次呼唤我，

在你痴狂的心里，到底最想要什么。
我该劝导谁（如今，又一次）
接受你的爱？萨福啊，是谁
　　　伤痛了你？

如果她逃避，她将去追逐。
如果她拒绝，她将去赠予。
如果她不爱，很快她将爱上你，
　　　哪怕不情愿。

快来吧：解除我
这沉重的负担，成全我
全心渴望的成就。你
　　　做我的同谋。

2

]

来我这儿，从克里特*

到这神秘的庙宇，你奇妙的苹果园

祭坛上，香烟缭绕，

　　　乳香浮动。

泠泠的圣泉漫过苹果枝，

声音清越，玫瑰

在果园里投影，从明晃晃

* 克里特岛处于地中海中部，克里特文明在古希腊艺术发展史上起到重要作用。

颤动的叶子上，睡眠滴落*。

草甸上马匹在游荡，
春天的花儿开放，微风
裹着蜜，在吹送
[ ]

在此地，你，开普瑞思**
优雅地端起金杯，
琼浆晃动，轻搅我们的嘉年华：
倾注下来。

* 宙斯与赫拉做爱之后陷入睡眠，“性爱后让人忧伤”。

** 开普瑞思，塞浦路斯人对阿佛洛狄忒的称呼。

3

] 赠予

] 那份荣耀

] 美与善，你

] 疼痛　　　　[我

] 责备

] 涨起

] 你得到你的一份。因为 [我心

] 并非如此

] 都已安排好了

] 也不是

所有的夜都漫长*

] 我深知
] 恶行
]
] 别的
] 心思
] 受福佑的诸神
]
]

* 这是萨福学者狄耳对缺文的一种推测，认为代表萨福思念她的兄弟，也可能是对夜祭仪式的描写。

4

] 心

] 绝对

] 我能

]

] 于我将是

] 在回答中闪亮

] 脸

]

] 已被玷污

]

5

开普瑞思，涅瑞伊得斯*，我恳求你们
把我的弟弟毫发无损地送回。
所有他心中所想的，
　　　让它成真。

他从前造的孽，我们放过它。
让他成为朋友们的快乐，
敌人们的痛，让留给我们的
　　　不再有什么伤心事。

---

* 涅瑞伊得斯，海之仙女们。萨福的兄弟娶了一位名妓为妻，萨福对他很懊恼。

愿他乐意为他的姐妹带来

一份属于她的荣耀，可伤痛

] 为过去哀悼

]

] 粟稷的种子

] 公民的

] 再一次说不

]

]

] 可是你啊开普瑞思

] 把恶统统放在一边 [

]

6

那么

]

]

]

]

]

走吧 [

我们也许能看见 [

]

金臂 [

女郎

]

]

厄运

]

7

] 多瑞哈*的

] 发号施令，因为不是

]

] 无上的骄傲

] 像年轻人

] 爱人

]

* 多瑞哈，萨福的兄弟的女友，名妓。

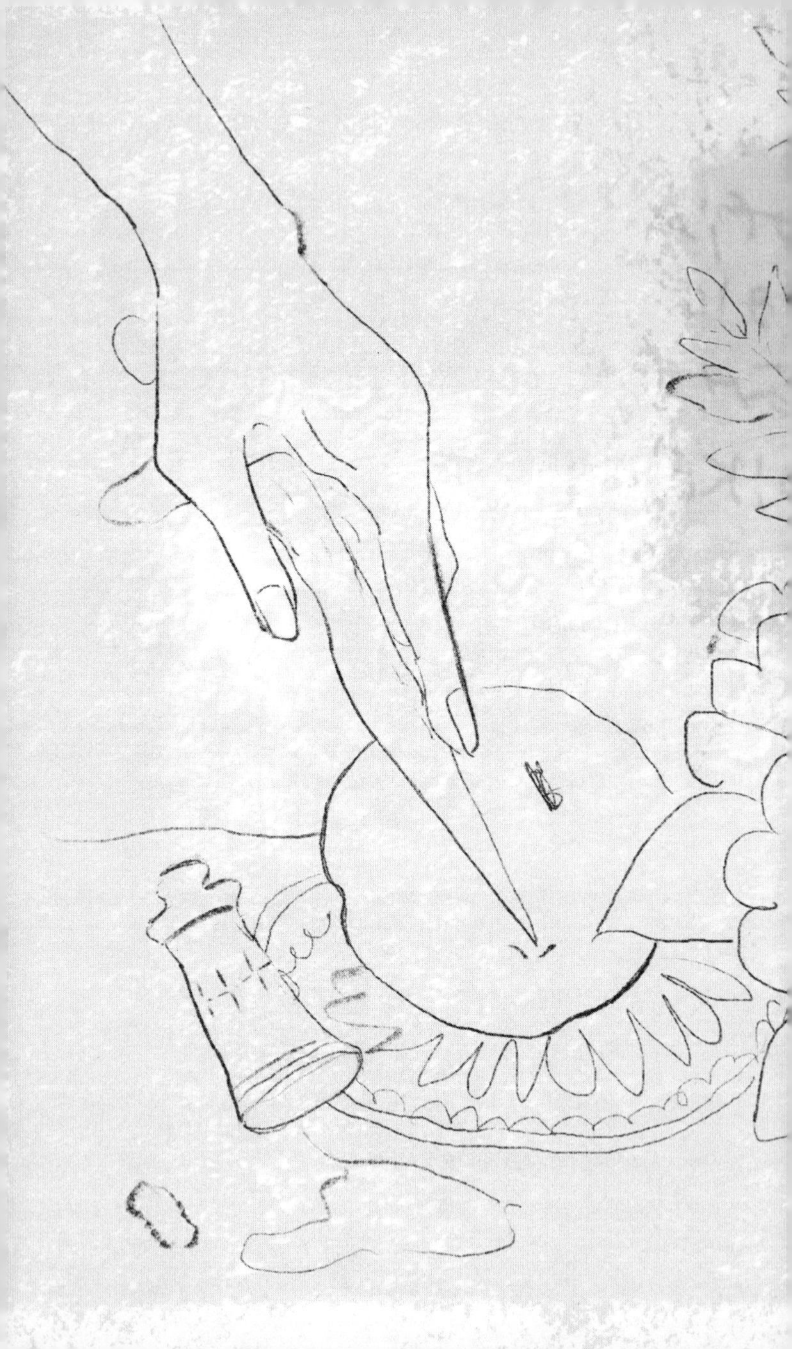

9

] 邀请

] 所有人，不是

] 盛宴

] 为了赫拉

]

] 只要

]

]

]

10

]

]

]

] 想着

] 光脚

]

]

]

]

22

] 神啊

]

]

]

放过他曾犯的错

]

] 以港湾的运气

]

开普瑞思，愿她发现一个更苦楚的你

不要再吹嘘——多瑞哈——

他如何又一次前来，因为

] 爱的渴望。

12

有人说骑兵，有人说步兵，
也有人说舰队，是这片黑土地上
最美的事物，可要我说，
　　是你的所爱。

要明白这一点很容易。
想想美艳绝伦的海伦：
　　抛弃了她的夫君，

舍下了她的孩子，
离别了她的双亲，

登上军舰，驶向特洛伊[*]。

　　] 误入歧途

　　　] 因此

　　　] 我会温柔地

] 想起阿那托利亚[**]，

如今我离别了她。

我宁愿看她妖娆的步态，

看她脸上妩媚的光辉，

也不要见到吕底亚的战车[***]

或武装步兵团。

　　　] 不可能发生

---

* 海伦，斯巴达王墨涅拉奥斯的妻子，随情人帕里斯王子私奔，引起长达十年的特洛伊战争。

** 阿那托利亚，萨福的伴侣。

*** 吕底亚王国在西亚细亚以财富与奢华闻名。

] 祈祷分享

]

]

]

]

]

向 [

]

]

]

意想不到。

23

近前来，当我祈祷时，
赫拉夫人，愿你显现优美的身姿，
阿特柔斯的儿子们曾向你祷告，
　　　　那些尊贵的国王[*]。

他们获了那么多奖赏，
起先在特洛伊，然后在海上，
他们出发，没有
　　　　能完成征程，

* 阿特柔斯的儿子们指阿伽门农和墨涅拉奥斯。阿伽门农是特洛伊战争中希腊联军的主帅。

直到他们呼唤你的名、万能的宙斯，

还有西奥尼的宠儿。*

现在愿你温柔待我，也来帮帮我，

　　　一如从前 [

圣洁、美丽的

女子

环绕 [

　　　]

]

]

来了

　　　] 来到。

* 西奥尼，又名塞墨勒，一名凡间女子，宙斯和她生了酒神狄俄尼索斯。

14

心，安静点！

没有迷惑的歌，

没有阿多尼斯[*]的赞美诗，

从你那里甜美地流出，

来取悦女神：

让不安者渴望，

阿佛洛狄忒，这心的独裁者，

已让你无语；

佩托[**]，这个诱惑者

---

* 阿多尼斯，阿佛洛狄忒钟爱的美少年，在行猎时被野猪刺伤，从他的血里长出了血红色的银莲花。

** 佩托，诱劝女神，阿佛洛狄忒的侍女或女儿。

从她的金罐子里

倒出玉液琼浆，

注满你思考的灵魂。

15

昨日，孩子们，我经过时，

你们在大亚湾树下挤作一团。

此情此景如魔药——我喝下了；

幸福的狂喜击穿我。

与我一起散步的女人们想象

我的喜怒无常，沉默不语，漫不经心。

我听不见她们说话：

只听见耳膜在鼓荡；

我的形神，亲爱的，全散了。

这些事好像命中注定。

我下定决心，亲爱的，

去看你，但你早已消失不见——

（一转身杳无影踪）；

我只瞥视到让我狂喜的画面：

你那华丽的衣袍。

16

奥涅伊洛斯，梦之神，

黑夜之子，

最后的滞留者，当晨光

揉搓我们的睡眼——你，安慰之神

警告我：心神不一

只会让人焦灼不安。

我不能无视

你展示给我的真理。

因为在诸神的眷顾下，

我必将领悟，哪怕叹息。

小时候

我曾拒绝

母亲递给我的小礼物，

多么愚笨呀。

现在，我祈求诸神

赐予我

渴望的机会：

我将称颂他们的荣耀

以诗歌，以舞蹈。

17

萨福，够了

为什么想要去感动

一颗冷酷的心？

18

潘 *

讲述 [

舌头 [

　　讲述故事 [

要让一个人

更伟大 [

* 潘神，古希腊神话中的牧神。

19

]

] 等

] 在献祭中

] 获得好处

]

] 可是去

] 因为我们知道

] 劳作

]

] 之后

] 朝向

] 如是倾诉

20

]

] 欢欣

]

] 还有好运

] 去赢得黑色大地的

] 港湾

]

] 水手们

] 顶着大风

] 在旱地上

]

] 当

]

] 船只

] 远航

] 许多

]

]

]

] 劳作

] 旱地

]

]

]

21

]

]

] 怜悯

] 颤抖

]

] 肉体在衰老

] 覆盖

] 紧追不舍

]

] 高贵的

] 领取

] 对我们歌唱

那一位，裙摆上缀有紫罗兰

] 多数人

] 误入歧途

22

]

] 劳作

] 脸

]

]

如果不这样，冬天

] 不再疼痛

]

] 我命你歌唱

龚伊拉，阿班西丝*，拾起

你的竖琴（如今，又一次）渴望

---

* 龚伊拉，萨福的女弟子，性伴侣。阿班西丝，其人无考。

环绕着你，

你这美人。因你看见她的裙裾
搅动了你。而我欢欣备至。
事实上，她曾亲口责备我，
塞浦路斯的女神，

只因我的祈祷里
有个字：
我要

（伯恩斯通修补版）

龚伊拉，今晚请到我的身边来，
你，我的小蔷薇，带上七弦琴。
因为你的美，燃起
　　　我的欲望。

每次看见你的晨衣，
我就想要你：我曾抱怨过
阿佛洛狄忒，
　　　现在，我恳求她

希望她不要记仇，
快点来吧：
你，女人中的女人，
　　　我最想要的那一位。

23

] 有关欲望

]

] 当我看向你

] 如此美艳的赫尔迈厄尼*

] 我把你比作金发海伦

]

] 人间女子，知道这一点

] 于是每次爱意

] 你满足了我

]

* 赫尔迈厄尼，海伦与墨涅拉奥斯的女儿。

] 露湿的河岸啊

] 你浸润了所有的夜

] [

24

1)

]

] 你将忆起

] 因为我们年轻时

做过那些事儿。

是啊，那么多，那么好。

]

]

]

2)

]

] 我们居住

]

那对面的

]

有勇气

]

]

]

3）

]

]

]

]

]

] 声音绵薄

]

25

]

] 放弃

]

] 骄奢的女人

]

]

]

26

] 那些

] 我温柔以待的人

] 往往

] 伤我最深

] 痴狂

]

]

]

] 你啊，我只能

] 自已

] 来忍受，这一点

我清楚得很

]

]

]

27

]

]

]

] 啊你曾是个孩子

] 来歌唱这些

] 和我们说话，把你的优雅

给我们

因为我们要参加一个婚礼：显然

你是知道的，可是尽快呀，

送走女孩子们，愿诸神

都有

] 伟大的奥林匹斯山之路

] 为人类

28

1)

]

]

深深的喧哗

]

2)

]

女郎

]

]

3)

] 衣袍

] 项链

]

]

]

]

]

]

] 为戈尔戈*

]

]

* 戈尔戈，古希腊城邦斯巴达君主列奥尼达一世之妻，萨福的竞争者。

4）

]

]

为格林诺*

]

]

]

]

]

* 格林诺，萨福诗歌里的女孩名。

29

夜 [

女孩们
夜未央，夜漫长
唱起你和新娘的情歌
　　她的裙摆上缀有紫罗兰

醒来！呼唤
那些年轻人
我们将要睡去
　　我们的睡眠比鸟儿的歌声还要浅

30

他好似天神，那人

无论他是谁，坐在你前面

亲密地细听

　　你温柔的嗓音

迷人的笑声——哦，

这让我心旌摇荡

因为当我看向你，哪怕一瞬

　　我就说不出话来

舌头断裂，细火

在身体里奔突

眼睛看不见

　　耳膜不停鼓荡

我汗水涟涟，战栗不息，
脸色发绿堪比青草
我是活着——可我觉得
　　我快要死了。

但我必须要忍耐，因为我一无所有。

31

谁将让我荣耀

捐出他们的劳作

32

头戴金冠的阿佛洛狄忒啊，

但愿我，也有那样的幸运

33

月亮升起

星星藏匿它们的光华

每当月圆，她向大地

倾洒

　　白银*

---

* 白银，根据罗马皇帝朱利安的一封信增补：“萨福……曾说月亮是银白的，因此群星都黯然失色了。”

34

你，要么在塞浦路斯，帕福斯，或者帕诺尔莫斯 *

35

我久久渴望，寻找着

---

* 塞浦路斯、帕福斯、帕诺尔莫斯均为希腊地名。

36

我的痛苦在滴落

责备我的人啊
原他被大风带走
在恐惧中战栗

37

你燃烧了我

38

她的双脚

被彩带裹住

吕底亚人的手工艺品多漂亮

39

我们需要你

快来啊，缪斯们：

向你们的金屋告别

40

为了你，我要献上一只大白羊

我要把美酒倒空

41

而你们啊，美人们，我心
将永不改变

42

它们的心渐渐硬冷

一任羽翼垂挂下来

43

]

]

] 他俊美十足

] 轻搅静物

] 思绪耗尽

] 渐渐平息

] 可是快来啊，我的女友们

] 天就要亮了

44

1)

开普洛斯[*]

先驱者来了

伊达俄斯　　心思敏捷的信使[**]

]

还有其余的亚细亚　　不朽的盛名。

赫克托耳和他的人马带来一位明眸善睐的女子

* 开普洛斯，塞浦路斯的别名。

** 伊达俄斯，特洛伊的信使。

从圣城忒拜，从普拉基亚平原[*]

娇小玲珑的安德洛玛刻轻倚航船，渡过盐海。

各色金手镯，紫色香袍，

漆画的玩具，银杯

数不胜数，还有象牙。

他开口一说，亲爱的老父旋即起身。

消息传遍全城，传到朋友中间。

特洛伊的儿子们将骡车赶向

香车宝马，一大群妇女

和细脚踝的少女，纷纷登上城头，

还有普莱安的女儿们[**]　　　　　　[

年轻人牵着马车　　　　　　　　　[

] 声势浩大

] 战车的驾驶者

]

* 赫克托耳是特洛伊城的王子，娶安德洛玛刻为妻。忒拜，小亚细亚的城市，安德洛马刻的故乡。普拉基亚是环绕忒拜城的河流。

** 普莱安，指普里阿摩斯，特洛伊的国王，赫克托耳的父亲。

] 好似向天神

] 圣洁之至

出发　　向特洛伊

甜美的长笛伴随竖琴

和着响板的节奏，少女们唱起圣歌，

歌声嘹亮，直上云霄

音乐动人　　　[

每条路上　　　[

觥筹交错　　　[

没药、肉桂和乳香，混合在一起。

所有的老妇人都在高喊，

男人们唱起甜美的歌，

召唤巴翁，善射的竖琴之神，*

他们为赫克托耳和安德洛玛刻唱起颂歌，好似在赞美诸神。

* 巴翁，即太阳神阿波罗。

2)

]

科俄斯的女儿和克洛诺斯高贵的儿子

交媾后生下金发的福玻斯。*

可是阿耳忒弥斯向诸神发过毒誓：

凭你的脑袋发誓，我将永葆童身！

] 在孤寂的山上，永不驯服

] 来吧，为我之故点头称允！

她如是说。诸神之父颔首。

野性的处女射鹿者

声名远播。

] 爱神厄洛斯无法近她的身

]

* 科俄斯的女儿勒托和克洛诺斯的儿子宙斯生下了太阳神阿波罗（福玻斯是他的徽号，即“光明”）和山林女神阿耳忒弥斯。

3)

[

[

[

缪斯们的 [

苗条的 [

美惠三女神的*

[

我们凡人：一同分享 [

]

---

* 美惠三女神，希腊神话中代表妩媚、优雅和美丽三种品质的三位女神。

45

只要你要

46

在一只柔软的枕上我躺下

放松我的四肢

47

　　　　　爱神摇醒我

好似一阵山风吹拂橡树

48

你来了，我为你痴狂

我燃烧的渴望被你平息

49

我爱上了你，阿狄司，很久以前

那时，你还是个丑丑的小女孩。

50

亲爱的，我回来了：

我们是分开得太久

51

好看的男人的确好看，

可心善的男人立刻会变得好看。

52

我不知道怎么办

　　　　我的心思一分为二

53

我不会想用双臂去碰触天空

54

纯洁的美惠三女神，手臂像是玫瑰

啊，宙斯的女儿们来了

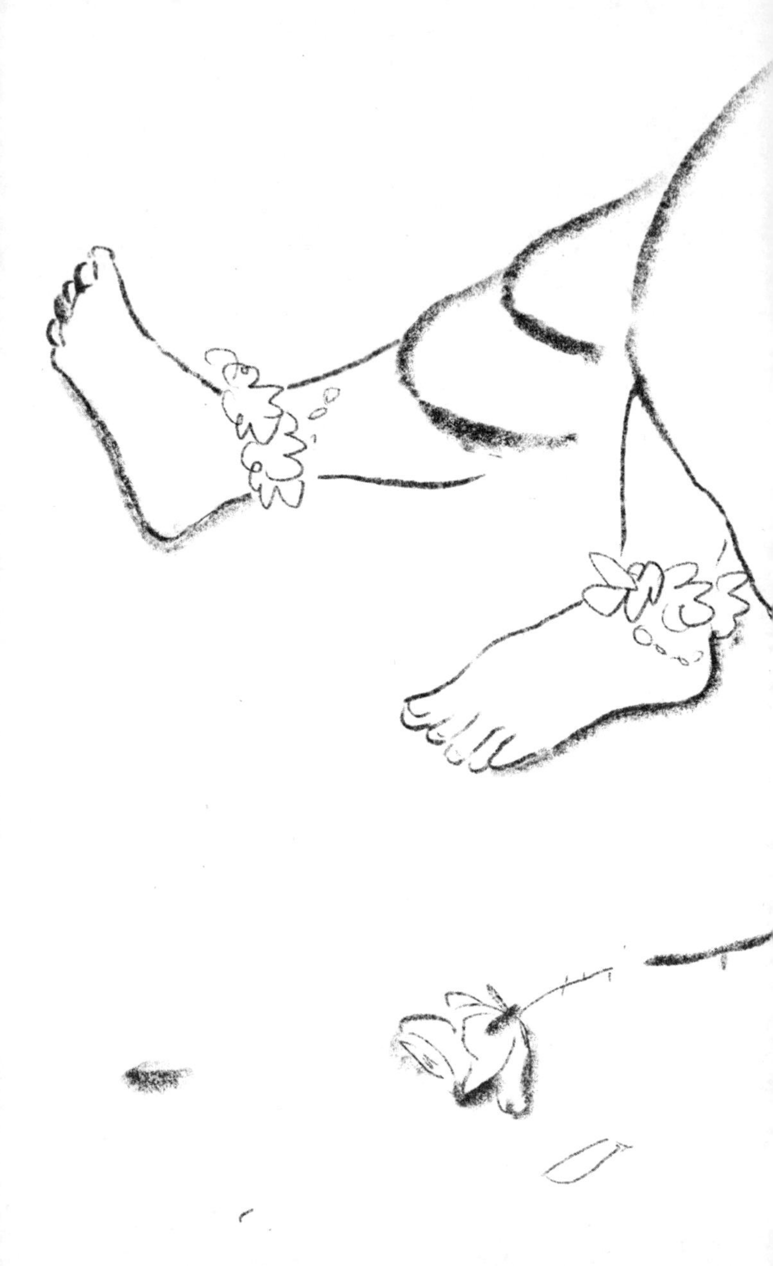

55

我教得她不错——

希罗，从加拉岛*

一路奔来的女孩

56

降自天庭，身披紫色斗篷

* 希罗，萨福的学生。加拉岛，希腊无人岛。

57

你死去时躺在此处，没人记得
死后无人渴望——因为你

从不分享匹瑞亚*的
玫瑰，在冥宫里也看不见你
你将在苍茫中上路。被一口气吹散。

---

* 匹瑞亚在希腊北部，相传为缪斯女神的出生地。此诗讽刺一位有钱妇人。

58

天底下没有

哪一个见识过太阳的女孩

有如此出众的

智慧

59

是哪位村姑，穿一件土里土气的衣服，

竟引起你的宠爱，却不知衣袍

应当长及脚踝？

60

]

]

]

]

] 逃匿

] 咬啮

]

] 你

] 用嘴巴获取

] 美的礼物　孩子们

] 歌声愉悦，琴声清亮

] 我的皮肤开始松弛

黑发变白

] 双膝不再自如

] 像幼鹿

] 可我又能怎样?

] 无法成为

] 玫瑰抱拢的黎明

] 带你去天涯海角

] 还是被追上了

] 妻子

] 想象

] 也许去授予

可是我爱优雅　　　　　　　　它——

是对太阳的欲望，为我赢得光辉和至美

61

]

爱

新

62

] 邂逅过

] 想

] 完成计划

] 我马上呼唤

] 那颗心

] 所有你想赢回的

] 统统为我而战

] 放肆的人被说服了

] 是的你很清楚

]

]

他们成为 [

为了不是

64

你潜伏过　　　　[
月桂树　　　　　[

可什么都好　　　[
比这　　　　　　[

对他们来说　　　[
行旅者啊　　　　[

可我几乎听不见你　[
爱人啊　　　　　[

此刻　　　　　　[
款款而来　　　　[

你率先到达：你的衣服 [

美如斯 [

65

梦见黑　　[

你漫游而来，正当入眠　　[

甜美的神啊，强烈地因为疼痛　　[

力量被分开　　[

可我不想分享　　[

诸神的虚无　　[

因为我不想当这样的　　[

器物　　[

但愿它发生在我身上　　[

所有　　[

66

]

]

]　　　山羊

] 献给战士们

]

] 孩子们的

]

]

]

]

] 向诸神

] 丑丑的

]

] 缪斯

]

67

]

]

]

]

致萨福，你　　　　[

开普洛斯的女王　　[

以及

致所有光辉里的人　[

处处荣耀　　　　　[

哪怕你在阿刻戎的冥府里*

]

* 阿刻戎是冥河。

68

1)

]

还有这个　　[

毁灭之神　　[

我发誓不爱　　[

可如今是因为　　[

不是这个原因　　[

也不是　　[

[

2）

] 也不是

] 这些

]

] 更多的

] 环绕

]

] 欲望

69

1)

] 因为我远离

] 可结果会是

] 她那样的诸神

] 罪孽呀

] 安德洛墨达

] 神啊

] 道路

] 不加克制

] 廷达瑞斯*

* 廷达瑞斯，廷达瑞俄斯的后裔。

] 尊贵的

] 纯真不再

] 墨伽拉 *

2）

]

] 为我弹奏

] 刺耳之音

]

]

]

* 墨伽拉，萨福伴侣。

70

]

罪孽呀

]

71

]

]

] 我将去

]

]

]

] 至于

]

] 和谐女神的

] 跳舞

] 乐音清扬

]

] 所有人

]

72

　　] 你呀，米卡

] 可我不许你

] 你选择潘色利兹 * 的爱

] 转为邪恶

] 甜美的歌

] 声音如蜜

] 刺骨的风

] 湿透露水

* 潘色利兹，公元前 7 世纪在弥特利争夺政权的家族之一。

73

]

]

] 阿佛洛狄忒

] 甜言蜜语的欲望

] 扔掉

] 抓住

] 坐

]

] 露水

74

1)

]

] 牧羊人

]

] 玫瑰

]

]

2)

]

] 渴望

]

3）

]

] 汗水

]

75

]

] 可以成全

]

] 我想

] 抓住

] 说过的

]

76

]

] 也不是

] 欲望

] 可所有的马上

] 开花

] 欲望

] 取代快乐

77

]

]

] 所有的

] 但是不同的

] 头发

]

78

] 厌恶

] 尽快地

]

可是你啊，狄加[*]，用鲜花装饰你的头发，

用你的柔指编织茴香茎。

因为福佑的美惠三女神喜欢戴花者，

不戴花者，她们会转过身。

---

* 狄加，萨福的学生。

79

1）

那思迪卡的身材比吉瑞诺还要曼妙 *

2）

还有，如果　　　[

虚无　　　　　　[

可现在　　　　　[

* 那思迪卡、吉瑞诺都是萨福的学生。

不 [

身材更曼妙

80

]

] 这儿

]

] （如今，又一次）

]

] 为了

]

81

]

]

]

] 责备

] 优雅的

] 阿耳忒弥斯

]

82

1)

]
] 富足的
] 在细听
]

2)

]
] 像一位老人
]

83

] 安静

] 有一个庇护所

] 基西拉[*]我祈祷

] 举过心

] 如果在平时听见我祈祷

] 放弃

] 朝向我的

] 粗砺之音

* 基西拉，希腊一座岛屿。

84

1)

]

]

]

] 谣言

] 头发

] 同时

] 男人

]

]

2)

] 焦虑

] 搁浅

]

]

3)

]

] 有勇气

4)

]

]

]

] 青春

]

]

]

]

]

5)

]

]女王

]

]

6)

]

]

]奔向你

]

] 马

]

]

]

85

1)

]

] 前面

] 朝向

] 松弛了

] 你将会

] 轻盈

] 自如

2）

] 有人

] 我] 更甜蜜

]] 你了解你自己

]] 忘了

] 你]

]] 有人会说

]] 是的我

] 会爱] 只要我心里

]] 有爱

] 我说我曾热恋过

]

] 痛苦

] 苦涩

]

] 还知道这一点

] 不管你

] 我都爱

]

] 因为

] 武器的

]

86

爱拉娜，我想不到

你会如此伤人

87

]

]

]

]

衣袍

和

藏红花染的

紫衣袍

披风

花冠

美丽的

]

紫

地衣

]

]

（伯恩斯通修补版）

“萨福，你若不来，我发誓将收回对你的爱！
快起来，向我们展示你优美的身段；
你如一枝百合斜插在黎明的池塘里，
滑落你来自希俄斯岛的夜袍，
沐浴在水里；克莱伊斯为你取来藏红花衫，
紫色裙袍，用睡衣裹你的身，
还有鲜花插在你的发上。
快来吧，亲爱的，你的美令我疯狂！
我命帕拉希若*烤些坚果，
又为女孩们准备精美的甜食。
一位天神，他会庇佑我们。

* 克莱伊斯，萨福女儿。帕拉希若，萨福的学生。

这是萨福——最美的女人

归来的一天，回到米蒂利尼，最心爱的城，

和我们一起，像一位母亲行走在子女们中间。”

阿狄司，你还记得吗？你一定早忘了。

88

]

]

]

] 我拥有

] 女孩子们的

89

不如让我死去。

她离开我，

哭泣着，说：

命运对我俩来说太不公了。

萨福，我发誓，离开你不是我本意。

我回答说：

开心点，去吧

记得我啊。你知道没人像我对你那么好。

如果你忘了，让我来

提醒你

　　] 我俩在一起的美好时光。

多少顶紫罗兰

和玫瑰编织的花冠

　　] 你在我身边戴过

多少个编织的

花环在你柔嫩的

脖颈上环绕

你用昂贵的

香油

涂抹身体

在柔软的床榻上

你玉体横陈

让你的欲望得到满足

没有一个地方 [　] 或

圣洁之地

我们不曾去过

没有一个果园 [ ] 一场舞会

] 一种喧响

[

90

不

]

]

龚伊拉

当然是征兆

（赫耳墨斯）降临 * [

我说，神啊

我发誓

---

* 赫耳墨斯负责将新死者的灵魂引到地府。

我并不快乐

可现在渴望抓住了我——我想去死

去遥望阿刻戎

露湿的荷岸

]

]

]

91

] 萨迪斯*

常常思绪万千

]

你好似一位女神

而你的歌总让她欢欣。

吕底亚女人中间她如此出众

有时，每当日落

玫瑰柔指的月亮

* 萨迪斯，吕底亚王国的首都，商业中心。

压倒所有的星辰。她的光

　　播洒

　　　　在盐海与花田之上。

美丽的露水倾注，

　　而玫瑰盛放，

　　　　细叶芹柔美，苜蓿花开。

她徘徊了又徘徊，想起

　　温柔的阿狄司，思念

　　　　咬啮着她惆怅的心

可是，去吧，

　　] 多多

　　　　交谈 [

我们不易与

　　每位女神媲美

]

]

　　　　]欲望

　　　　　　　和[　]阿佛洛狄忒

]从金杯里倾倒

　　琼浆

　　　　]她的双手　劝说

]

　　]

　　　　]

]进入格瑞岑*

　　]爱人啊

* 格瑞岑，波塞冬的神庙。

] 乌有的

] 我将来到欲望之乡

92

()

]我母亲说

她年轻时候
用紫色缎带把头发扎起，
那是多么了不起的装饰——

的确是一件了不起的装饰
可那女孩，她的头发
比松明火把还金黄

头戴新鲜的花冠
还有一根

新买的丝带，

来自萨第斯

] 多个城

2）

可为了你，克莱伊斯，我没有买过

多彩的——我去哪儿买呢？——

缎带：弥第利那的［

］［

］手持

］彩带

这些无非是克力纳提达*家族的事

流亡

记忆　　就这样被可怕地泄漏

* 克力纳提达是萨福故乡弥第利那的显赫家族。

93

用好看的纱裹她的身

94

手帕

是紫色的

她从福西亚*寄来的

珍贵的礼物

---

* 福西亚，西亚细亚的城市。

95

] 激情，是的

] 完完全全

] 我能。

] 朝向我的

] 一张脸

] 朝我闪亮

] 美丽

] 不可击溃

96

要是我的乳房还能鼓胀

要是我的子宫还能生育

我就再找个情人，找张床！

年复一年，我的身体

老去，我多希望

爱情再次光临我，

让我昏厥一次！

97

妈妈，我无心织布

苗条的阿佛洛狄忒让我因渴慕小男孩而破碎。

98

] 嗯，告诉

] 美足女郎

] 宙斯的女儿，裙摆上缀有紫罗兰

] 暂且息怒，裙摆上缀有紫罗兰的女郎

] 纯洁的美惠女神们，皮瑞安的缪斯们

] 无论何时歌唱，有心

] 听一首曼歌

] 新郎

] 她的头发，放下了竖琴

] 穿金屐的曙光

99

( )

] 小

]

] 许多

]

] 许多

] 他们的

]

]

]

] 戈尔戈

2）

致开普瑞思

]

]

]

]

3）

] 小楼阁里的

] 美足新娘

] 现在

] 只属于我

]

4）

]

] 背起

]

] 阿奇涅萨*

] 她也

]

] 可爱过

]

5）

]

] 他们听见

]

---

* 阿奇涅萨，高级妓女。

] 少女们

]

]

100

1)

黄昏星

你带回了

黎明播撒出去的一切：

你带回了羔羊

带回了山羊

带孩子回到妈妈身旁

2)

黄昏星

众星最美的一颗

101

1）

像一颗红苹果，高高地还在枝头
还在树梢，摘果人忘了——
不，不是忘了：是太高了够不着

2）

像一枝风信子，遗在山里面
被牧羊人踩踏，在地上开出紫色的花

102

我还在渴望我的处女身?

103

啊，美惠三女神

104

我们应该给予，父亲说

105

门房的脚有七臂长

请了十个鞋匠

费了五张牛皮制作凉鞋

106

抬高房梁！

海曼[*]——

把房梁抬高点，木匠们！

海曼——

新郎就要来了

他和阿瑞斯一样高，

海曼——

他比我们都高大！

海曼！

* 海曼，婚姻之神。

107

听着，亲爱的，

我以女神的名义起誓，

我（像你）

一生只守着

唯一的童贞，

也不害怕

新婚之夜的到来，

赫拉来向我道别

命我交出它；

我向你庆贺

并大声宣布：

“我的夜

还不算太坏

而你，我的女孩

根本没什么

可害怕的。”

108

来吧，新娘
满手盈爱的
玫瑰，新娘，
帕福斯王后的
可爱的宝石：

去吧，新娘，
到婚床上
去和你的新郎一起
甜蜜地嬉游：

让赫斯珀洛斯引导你，
晚星做你的前探，
你将流连忘返，

你将来到

婚姻女神赫拉端坐的

银座前。

109

福佑过的新郎，你的婚姻如你所祈祷的
已完成
　　　　你得到了你所祈求的新娘
你的身材、你的眼睛那么好看
如蜜一般：欲望在你可爱的脸上流淌
　　　　阿佛洛狄忒给了你太多的荣光

110

没有

一位女孩

新郎啊

比得过现在这位

111

处女身

处女身

你弃我何去?

我再也见不到你了呀

我再也没有了

222

我该拿什么

比拟你呢?

我可爱的新郎?

你好似一棵小白杨

可是，我怎么

比拟得出

223

再见

新娘

再见

尊贵的新郎

114

愿你过得好

新娘

愿新郎一切如意

115

1)

熠熠闪光的门楣

2)

晚上，歌唱海曼

哦，阿多尼斯之歌

116

啊！神圣的竖琴向我倾诉

找到一种自己的声音

117

布料撕碎

118

我可不是某人，那么容易受伤

我只有一颗平静的心

119

可是如果你爱我

就选一位年轻的床伴

我可受不了

比你年老时还和你一起生活

120

采撷花草，少女多苗条

121

刚刚，穿金屐的曙光

122

而你，你自己卡利俄佩*

* 卡利俄佩，九大缪斯中排列第一，名字意思是“声音甜美”。

123

我过去常常编织花环

124

愿你枕着爱人的乳房睡去

125

缪斯们

再一次

遗下黄金

126

此时，此刻

温柔的美惠三女神

有着一头美发的缪斯们

127

1）

可是你啊，早忘了我

2）

要么你，爱别人，胜过爱我

128

不过是一枚戒指

不必这么得意

129

我秉性不坏，也没有怨气，

我有一颗童心

130

爱神呀，一想到你就四肢瘫软，

请（再一次）搅动我——

苦甜，无法抑制的尤物，偷袭进来

131

阿狄司，你厌弃了我

不再想起我，转身飞向安德洛墨达

132

我有一个小女孩，可爱如金盏花
亲爱的克莱伊斯，就是
给我整个的吕底亚，整个的莱斯博斯岛
我也不愿换走她

233

安德洛墨达得到了好交换

为什么，萨福？

　　　阿佛洛狄忒，祈福的赠予者

134

梦里，我与你说话

　　　开普洛斯女神

135

为什么潘底翁的女儿

　　　　　爱拉娜呀

　　　　　　　燕子 *

* 潘底翁，雅典国王，他有两个女儿，一个是忒柔斯的妻子，另一个被忒柔斯强奸后割去舌头不能说话。两个女儿一个变成了夜莺，一个变成了燕子。

136

春使

声音充满渴望的夜莺

137

你来了

你是来了

我多么渴望你

你将一枚火炬摁入我心中

爱的焰火——

我该诅咒你吗?

你回来了……

你又走了

138

有些话，我想对你说
可羞耻阻止了我

如果你想说高尚、美好的事，
你的舌头不会吐出恶语，
羞耻不会使你的双眼低垂
只管说出你想说的正道话

139

爱人，请站起来，看着我

让我看见你眼里的荣光

140

美男子阿多尼斯快要死了

凯色里亚*

我们怎么办？

捶打你们自己

少女们

撕碎你们的衣袍

* 凯色里亚，阿佛洛狄忒别名。

141

可是仙馔蜜酒

已经混合好

赫耳墨斯举杯

为诸神一一倒酒

随后他们都一起

举杯称颂

为新郎祈福

142

黄金是神的孩子

黄金不生锈

蛆虫、象鼻虫都不吃

黄金

它打败

最强大的人类才智

[illegible]
ΔΑΜΝΑ[illegible]
ΠΑΝ[illegible]
[illegible]
ΚΑΥΤΟ[illegible]
[illegible]
ΜΥΓΙΣ[illegible]
ΤΥΧΑΙ[illegible]
ΤΕΑΥ[illegible]
[illegible]
[illegible]

[illegible]ΕΑΥ[illegible]
[illegible]ΕΧΕΙΝ[illegible]
ΑΓΗΜΑ ΚΑ[illegible]
[illegible]ΕΝΟΥ ΤΕ
[illegible]ΜΑ[illegible]

143

战神阿瑞斯

向我们夸口

说自己力大无穷

能让赫淮斯托斯 *

甘拜下风

144

献给那些受够了

戈尔戈的人

---

* 赫淮斯托斯，火神和冶炼之神。

145

看见飞燕草美得惊人

146

形形色色，斑斑驳驳

147

不要搬动石头

148

我不要你的蜜，也不要你的刺

149

我在忍饥挨饿

我在苦苦思念

150

有人会记起我们

我说

即使在别的时刻

151

无德之财好比一位恶邻居

有德有财，才是真福报

152

过去，勒托和尼俄伯是一对好朋友。*

* 勒托，阿波罗和阿耳忒弥斯的母亲。尼俄伯，忒拜国王的妻子，生有七子七女，因嘲笑勒托少子，阿波罗射死了她所有的儿子，阿耳忒弥斯射死了她的全部女儿。

153

金色的鹰嘴豆
开满了河岸

154

所有的夜如此漫长
　　　　她们一个个都倒下

155

缪斯的家里

　　怎么会有人唱哀歌?

　　这与我们可不相称

156

而你，甜美的佩托神

阿佛洛狄忒的侍女，你

要哄骗谁?

157

眼睛之上

睡夜漆黑

158

女孩的声音蜜甜

159

月圆的时候

女孩们聚集在一起，围绕着祭坛

160

一次极为漫长的告别

向波亚纳凯特*的孩子

---

* 波亚纳凯特，莱斯博斯岛一个家族。

161

比竖琴还柔美

比黄金更金黄

162

曙光女神

163

心中有怒火

管住咆哮的舌头

164

你，还有我的仆人厄洛斯

165

为了我的女伴们，此刻
　　我将唱起甜蜜的歌

166

为她值守
　　新郎们
　　城里的君王们

167

告诉我

我们中所有人

你爱谁

更胜于

你爱我

168

在天地神人
所有的后裔中
唯有厄洛斯
最值得等待

169

什么样的眼？

170

亲爱的

171

她招来儿子

172

那人好像他自己

173

他们说，丽达找到了一枚蛋

藏在风信子下面

174

迄今比蛋还白

175

哦　为了阿多尼斯

176

1)

有谁比格罗更爱孩子*

* 格罗，希腊神话中的年轻女性，早早过世，她的灵魂专门抓小孩。

2）

月亮下去了

七星*下去了：午夜，

时针在嘀嗒，

我独自躺下。

3）

大地披上了盛装

播撒她的万般绸缎

* 即七姊妹星，希腊神话中称为普勒阿得斯七姐妹，后上升到天上成为七星。在天文学上，七星属于金牛座群星中的昴星团中的一组，七星到天边表示冬月到来。

177

死是恶事：

诸神如此判断，

否则他们早已死去。*

* 亚里士多德在《修辞学》里引用了萨福对死亡的思考。

178

1)

我只是个女孩，不能说话，
若问我问题，我将回答
声音来自我脚下 * ：
“献给埃塞俄比亚的礼物，勒托的女儿，**
阿瑞思塔（索尼达斯的儿子）
赫墨克利得斯之女，你的侍从，
女中之王啊！请温柔点，慈悲点，

* 三首诗均为碑铭。

** 处女神阿耳忒弥斯的别名。阿耳忒弥斯是山林女神，职司打猎，掌管野兽、荒野，也是生育女神，女性自由的保护神。

给我们家族带来荣耀。”

2）

这里，是小泰玛斯的骨灰，
她还没有完婚，就命归黄泉
珀耳塞福涅把她带到冥府：*
她死了，在遥远的异乡。
她年轻的伙伴
拿出锋利的宝剑
削去她们青春的发丝。

---

* 泰玛斯，萨福的学生。珀耳塞福涅，冥府的女统治者。

3)

他和父亲莫尼思科
为渔夫匹拉贡
摆上了鱼篓和船桨
以纪念
他艰难的一生

179

最后他躺在

黑土地上

靠着他的网。

想想阿特柔斯的孩子们

经过时的心痛！

180

中午
蟋蟀鼓起双翼
弹奏一曲锐利的歌
正当太阳向大地
泼洒火焰

181

我要开始歌唱了
长翅膀的话语
可入耳动听

182

那时，克里特的少女
在祭坛上赤足跳舞
在开花的柔滑草坪上
踩踏出一片月华

183

我们在一起的夜晚
哦，我祈求
一夜有两晚那么长。

184

长寿，健康——对我来说——

不会老去，孩子们……青春！

185

我满心欢喜跑向你

像一位少女跑向母亲

186

她穿走了你的花衣裳

而你，黄金的赫卡忒*

夜后，也是

阿佛洛狄忒的侍女

187

我来带领

* 赫卡忒，司幽灵、噩梦、魔法和咒语的女神。

188

结婚礼物

189

爱加*

190

并无邪恶

191

痛苦给予者

---

* 爱加，小亚细亚的一个海角。

192

堪比树高的藤蔓

193

隧道

194

曙光

195

竖琴啊竖琴啊竖琴

196

透明的裙子

197

化妆袋

198

占有者

199

可交配的

200

我要走了

201

强泻

202

危险

203

声音蜜甜

204

美狄亚

205

缪斯们的

206

神话编织者

207

无尽的

伤害

208

苏打水

209

许多有技能的

210

芹菜

211

镶金边的杯子

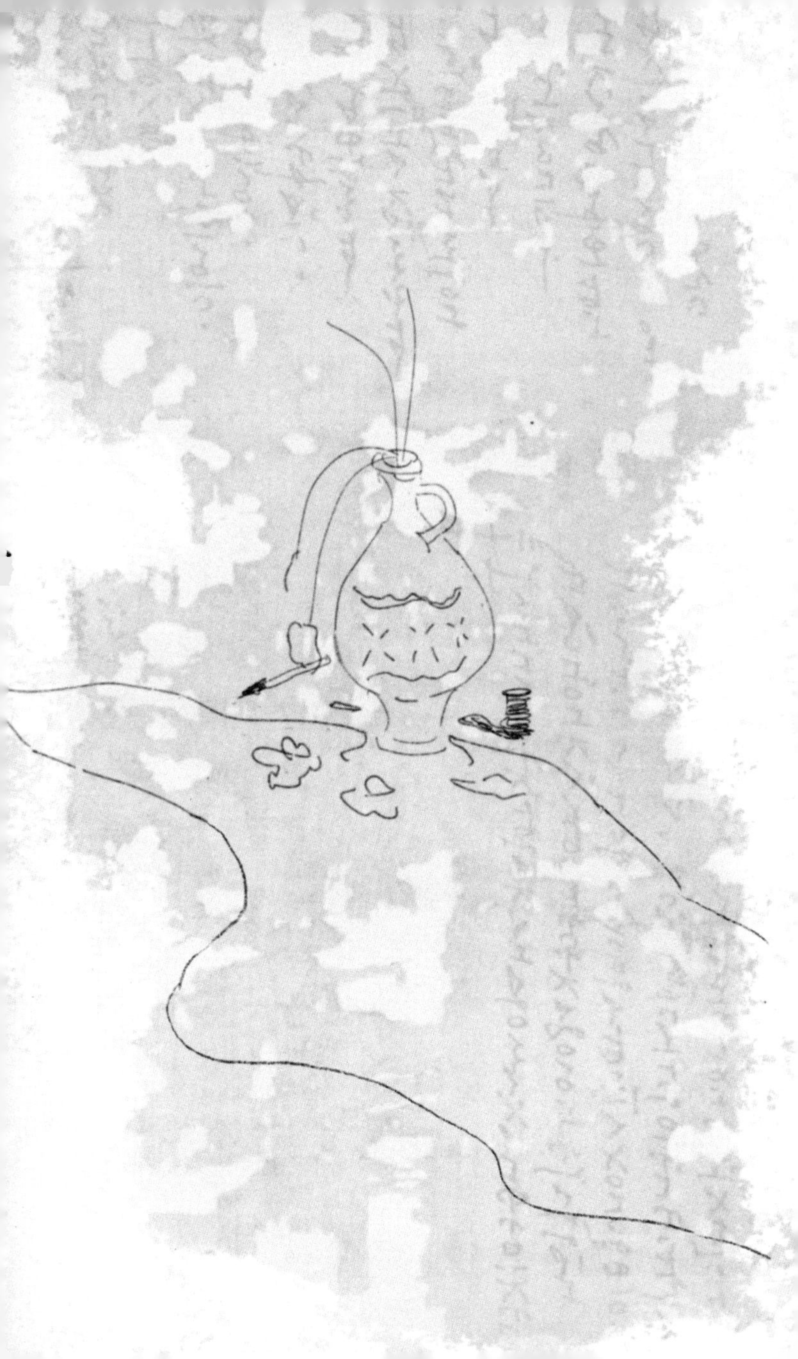

图书在版编目（CIP）数据

你燃烧了我 /（古希腊）萨福著；郑亚洪译 . --
长沙：湖南文艺出版社，2024.3
ISBN 978-7-5726-1443-9

Ⅰ. ①你… Ⅱ. ①萨… ②郑… Ⅲ. ①诗集 - 古希腊
Ⅳ. ① I545.22

中国国家版本馆 CIP 数据核字 (2023) 第 187242 号

你燃烧了我

NI RANSHAO LE WO

[古希腊] 萨福　著　　郑亚洪　译

出 版 人　陈新文
出 品 人　陈　垦
出 品 方　中南出版传媒集团股份有限公司
上海浦睿文化传播有限公司
上海市静安区万航渡路 888 号开开广场 15 楼 A 座（200042）
责任编辑　吕苗莉
责任印制　王　磊
装帧设计　凌　瑛
出版发行　湖南文艺出版社
长沙市雨花区东二环一段 508 号（410014）
网　　址　www.hnwy.net
经　　销　湖南省新华书店
印　　刷　深圳市福圣印刷有限公司

开本：787mm×1092mm　1/32　　印张：7.5　　字数：120 千字
版次：2024 年 3 月第 1 版　　印次：2024 年 3 月第 1 次印刷
书号：ISBN 978-7-5726-1443-9　　定价：68.00 元